KB197613

타이피스트 시인선 008

몽골인들을 위한 클럽

이주빈

타이피스트

시인의 말

죽지 말고 잘 살아.

2025년 2월
이주빈

차례

1부

2부

3부

1부

말딸°

금발의 여자는 "당신은 왜 펫처럼 구십니까" 물었고 나는 나를 펫처럼 키워 낸 여자의 입꼬리를 떠올린다 아들은 아비에게 인정을 받으러 간 자리에서조차 아비를 위로한다

아비는

끝내

° 말딸은 모바일 게임인 '우마무스메'를 뜻한다. 이 뜻을 우리나라 말로 그대로 직역하면 말딸이 된다.

15-71007128

사랑하는 아버지.

구글맵을 보다가 잠이 들었습니다. 이국을 욕망합니다. 마요르카의 해변들. 칼로 데스 모로. 알쿠디아. 에스메랄다. 그랜. 모를 얼굴을 보았고, 손 인사도 나눴습니다. 낮잠을 자기도 하며. 그 순간만큼은 한국어를 잊으며. 해변 앞에서만큼은 절망이 없습니다. 수영: 시작.

오래되었습니다.

기쁘지 않습니까? 피를 나눴지만 서로에 대해서 아는 건 한 가지도 없군요. 알고자 하는 노력도 없이.

태어나서 제가 제일 많이 강요받았던 것은 동정심이었습니다. 부모를 공경하라는 말보다 부모를 불쌍히 여기라는 말. 그것은 절대적이었으며. 영영:

끝나지 않을 주기도문 같았습니다.

떠나고 싶었으며.

편견 없이

사랑받고 싶었습니다.

종종 쉽게 들킬 거짓말을 하였습니다.

이상한 일: 왜 거짓말 칠 때마다 박수를 칩니까? 사랑해 줍니까.

아버지도 사랑받고 싶었습니까.

가족의 일원으로서

사랑받고 있습니까.

저도 가족의 일원이 되고 싶었습니다.

가족:

웃는 얼굴로 서로의 목을 조르는.

좋은 기분을 느끼고 싶었습니다.

목이 졸릴 때 좋은 기분을 느낍니다.

아버지. 과거의 일이 현재까지도 효력이 있다면. 믿으시 겠습니까. 빚과 빛. 더미. 질병은 사람을 연약하고 깨지기 쉬운 것처럼 만듭니다.

필요 이상으로 증오를 거두지 않았다는 것도 사실입니다. 각자에겐 각자의 사정이 있듯.

용서하거나,

용서받을 시기를 놓쳤다는 건.

기쁜 일입니다.

지금부터는 사랑하는 일에 대해 적어야겠습니다. 종로와 합정.

쓰는 일.

쓰지 않는 일.

노래 부르고 춤추기. 원을 그리기: 사랑의 기억을 투영하기. 저녁으로 카레를 먹기. 청소와 빨래. 비 오는 날 우산 없이 달리기. 실감하는 일. 사랑의 기억: 나눴던 사랑.

: hope you find happiness no matter what :

바보 같은 나의 고양이.

사랑하는 예술가들의 이름:

다행히 이들 대부분은

죽은 사람입니다. 죽은 사람에겐

향기가 납니다.

。

꿈을 꾸지 않아도. 바깥은 아름답다는 것. 지구의 낮과 밤은 구분되어 있다는 것. 낮에는 빛.

밤에는 어둠.

사실입니까.

이 모든 게 내리고 나면.

떠나게 되는 날.

멸망을 택하고 말 것입니다.

빈방에 있다

빈방에 있다

여자도 남자도 없다 사랑도 오명도

없이 빈방인 채로 빈방에서의 일들 빈방과 연결되는 기억
빈방은 어떻게 빈방을 사랑하게 되었나 눈 돌리면

빈방일 뿐인데

오래 머물렀던 그이는 내가 지나칠 정도로 빈방을 생각하
며 시간을 낭비한다고

운동을 하라고

질투 난다고

뛰어오라고 안아 달라고 소리 지르고 욕을 했다 막상 빈
방이 가득 차자 안심하며 달아났다 그이가 달아난 자리에
다시 빈방을 세웠다 빈방을 증명하고 싶어서 밤거리 걸었다
안녕하세요 아름다우시네요 빈방에 오실래요 좋아해요

제발

빈방으로

빈방에는 부귀영화가 없다 빈방에는 편견이 없다 빈방
이 없는 빈방은 신뢰할 수 없다 빈방의

\>

뚱뚱한 남자에겐

아무도 춤추자고 하지 않는다°

° 페터 회, 『스밀라의 눈에 대한 감각』에서 인용.

에르베리노

버린 이름

주로 앉아 있다 모든 불을 끄고 있는 것을 좋아한다 Dai xin yun 그녀는 상하이에 산다 Dai xin yun은 이 글을 보지 못할 것이다 상하이에 사니까 메일 보냈고 답신 오지 않았다 자연스러운 일이다 죽은 가수 인터뷰 보았고 그에게 신뢰를 느낀다 그의 죽음에 관하여 오해하거나 단정 지을 수 없다 자연스러운 일이니까 모든 불을 끈 채로 메일을 확인한 너의 모습 상상하며 앉아 있다 자연스러운 일일까? 음악에 파묻혀 있다 더미와도 같은 너는 스스로가 나쁜 사람인 것처럼 군다 그 사실은 단조롭다 너를 존경한다 자연스럽게 앉아 있다 사랑하는 가수는 이미 죽었으니까 주빈 모든 이름을 버렸다 너무 오래 살았다 자연스럽지 않다 모두 기쁘다

즐거운 나의 집

너는 결혼할 것이다

하얀 드레스 입을 것이며 정말 아름답겠지 너의 결혼식 망칠 수만 있다면 닥치는 대로 돈을 벌 것이다 벌어들인 돈으로 사람을 고용할 것이며 지령을 내릴 것이다 명령에 따라 움직일 것이다 복종하게 될까 무덤이 될 것이다 평등해질 것이며 미신을 믿기로 한다

창밖으로 눈
내린다
검은 개는 입 열고 혀 내민다 검은 개
옆에
검은 개
옆에
검은 게

너무 많다
산다는 건 놀라운 일일까?

\>

내가 기억하는 멋있는 형들은 이미 죽었거나

쓰지 않는다

형들에게 로맨틱해지는 순간

형들은 나를 피한다

언니들 중에선 멋있는 사람이 많았다

언니들은 있는 힘껏 서로를 안아 준다

하지만 언니들은 나를 안아 주지 않는다

언니들이 밉다

。

좋아하던 여자가

갑자기 전화 와서

뭐하냐고 물어봤을 때

수화기 너머로 웃음소리가 들리지 않았다면

웃기기 위해 일부러 넘어졌을 때

단 한 명이라도
웃지 않았다면

옆자리 여자애가 내 귀를 보고

달팽이야!

꺅!
소리 질렀을 때 남자 선생님의 엄한
침묵이 있었다면? 혹은 머리를 짧게 깎은 남자애가 찬 공을
맞아 내지 않았다면

일몰

머리 부수며 걷는다

선거가 있으며
피켓 든 노인

어제는 졸업식이었다
오늘은 사직서를 내고 퇴근했다

。

친구가 자신이 쓰던 컴퓨터를 선물했다
친구는 멋진 자동차를 가졌다
운전석에서 내리는 모습은 멋지다
컴퓨터 비밀번호를 내 생일로 설정해 두었다

거짓말을 할 때 눈을 감고 속아 준다 그리고 더는 거짓말
에 대해 묻지 않는다 친구에겐 나 이외에도 많은 친구가 있
고 친구는 친구들을 보러 밖으로 나갈 것이다

> .

나는 내일의 애인을 만나러 가는 길이다

뛸 것이다 원 안에서
잠든 너는 무슨 꿈을 건너고 있을지 옷을 벗을 때

어딘가 갈 곳이 생겼다는 사실로 인해 기쁠지

°

음악은 찌그러진 그래프와도 같다 휘적거리는 동안 누굴
미워하기도 했는데 그래프를 완성시키고 나면 그렇게까지
밉진 않았다 주말 동안

기차 지나가는 소리

추운 나라로 휴가를 가고 있다 엄밀히 말하자면 여러 명
과 동시에

>

이유는

이유에 불과하다

。

두부 반 모 구워 먹었다

나의 고양이 흠뻑 젖어 버린 눈으로

。

어린 나는 보청기를 끼운 채 있었다 웃지 않는
아버지를 따라 하얀 병실을

빠져나오며

재활

눕는 사람

신음하는 사람 회전문 밀며 회전문을 지나는 사람

두드릴수록 허무는 등

내가 아닌 명찰을 목에 걸며 낮게 신음했다

가정된 문장을 쓰자마자 지웠다 자전거를 선물받았다

잃어버린 적 있다 돌아가지 않아도

틀린 건 아니라고

견디는 것을
견디며

바늘이 빠져나온 곳을 꼭 누르고 있었다 누군가는 아파하는 나를 보더니 잘못을 저지를 때마다 자신의 몸에 바늘을 찔러댔다는 말을 건넸다 어떤 잘못이었냐고 물었다 그는 대답 대신 발갛게 부어오른 살갗을 내비쳤다

소속과 지속

생산과 가치를 판단하는 동안 편견 없이 나를 봐주었던 연인은 내게 좀 더 생산적으로 움직이라고 권유했다 생산과 가치의 효용에 대해

둥글게 앉아 잘못을 나눈 경험이 있다 잘못이라기보다는 거짓을 나열하는 것에 불과했다 무엇인가 되는 것과, 되지 않는 것
되지 않고 싶었다
되지 않은 채로도 지속할 수 있다고 증명할 수 있다고 믿었다 과거형이지만

되는 것은 언제라도 될 것이다

>

평온함 속에서 거짓을 본다 반성을 본다 아름다움을 본다 설명할 수 없는 삶이 있다 분명하게도 살아 있는 것을 배제하지 않으려는 생각이 내게는 있다 어느 날에는 생각을 걷거나 생각을 뛰었다 쏟아지는 숲에 오래 머물렀다

알다시피 나로부터 출발한 것이 아니다

생각되기 바쁘다 문제가 있는 곳에 둥글게 모여 있다 상응하는 문제에 관하여

소리치고 논쟁을 벌이며

다 같이 모여 죽은 가수의 다큐멘터리를 보던 날 마지막 장면 그들은 옥상에서 연주했다 박수갈채가 울려 퍼졌다 여기서부터 다시 시작해 보면

영화를 보러 가자

해체된 빛

소거된 장면들 밝아 오는

창과

창

철창을 덧댄 채

잠들어 버린 얼굴
아름다움에 처해 있다

곤경과도 같아서

처할수록 위험에 빠지기 마련이다 음악과 함께 창 사이로
빛이 사라지고 있었다

능선에서 보았던 비행접시에 대해 토론했다 믿음은

높은 곳에서 추락하는가

지붕을 떠올리며

이렇게 시작될 것이다

더 나쁜 일도
나쁠 일도 없이

방학이 끝나 가고 있다

이사를 가야 한다

범람

넘실거리는 침대

문을 열고 들어오는 생각과 덜컹거리는 서랍 무분별하고
도 노크 없는 환희

말을 잃어 가며

이제 좀 쉴래 말하는 사람

낡아 가고 있다 나의 새로운 아파트에서 벌을 받을 것
이다 내가 가게 될 곳은 어떤 곳일까

이제 좀 쉬고 싶어 사람은 그런 말을 자주 한다 자주 말함
으로써 말하는 사람 가운데

빛

번쩍

정신이 좀 드시나요?

꿈을 꾸었는데 무슨 꿈이었는지 모르겠다 병원을 나와 죽
집에 갔다

말도 없이 죽만 퍼먹었다 더는 죽지 말고 잘 살아 친구는
그렇게 말했다

친구는 그렇게 말했을 것이다

빈 액자는 무엇을

빈 액자를 벽에 걸었다 허기는

계속되는 것일까

액자 앞에 오래 서 있었다

흔들리는 발끝을 바라보며 마음은 곡해되었다 층위로 보
지 않아도 어떤 마음은 불충분하다

끝도 없이 이어지는 액자를 걸으며 액자를 증오하며 눈을
감았다 미워하지 않는다는 건 역시

오만일까 육체는 진부하고 아침은 쌓였다 너머를 새롭게
떠올리는 방식으로 허기를 잊어 갔다 여우는 생각하지 않았
지만 신 포도는 생각되었다 울타리를 넘으려는 것은 여우뿐
만이 아니다

소설 속 인물에게 장전된 총을 쥐여 주었다 발포되지 않

앉다 다행과는 거리가 멀지만 무엇과도 관계되고 싶지 않
았다

　아름다운 사람은 남는다 그 사람은 액자 속으로 스스로
걸어갈 줄도 안다 사라지는 것에는 늘 목격담이 속출하기
마련이다 귀환이 걱정의 크기와 비례하는 것은 아니다 모두
가 최소한의 죄책으로 마련된 실종자의 동선을 밟았다 상당
수는 그를 사랑했을 것이다 많은 걸 나누진 않았음에도

　적막 속에서 세수를 했다

　청력을 잃어 갔다 유리창 너머 아이가 돋보기로 벌레를
태워 죽이고 있었다 채널을 돌려도 볼만한 프로그램 하나
없다 내게도 계기가 있었다면 좋았을 것이다 그렇게 믿으며
걷거나 사랑하였다 걷거나 사랑하는 일을 계속하고 싶었고
어떤 사랑은 계속되었다 액자를 통해

　정당은

>

펵이나 정당한 걸까

　액자 너머로 가해지는 슬픔을 보며 인간이 만들어 낸 아름다움은 얼마나 위악인가 추측일 뿐이지만 액자는 훨씬 비대해질 수도 있을 것 같다

　마지막까지 돌아오지 못한 그를 보러 가는 날 눈이 내렸다 의도한 것은 아니다 손에 들린 죄책을 내려놓으며 눈밭을 향해 뒤돌아 걸었다 가야 할 곳이 있다

　액자를 떼어 내며

프리즘

    징후들 가까스로 나타나는 징후들 귀가 녹는다 스스로 만든 감옥의 철창은 날이 갈수록 견고해지고 만다 한 발자국도 나가지 못하고 있다 꼭 살아서 가족을 찾겠다는 다짐 무의미한

    합정에 다녀왔고 만나기로 한 누군가는 없었다 나 역시 거기에 없었다 기분일까 천국과 천국 사이를 가로지르는 창공을

    뛴다 뛰었다 뛸 것이다 걸었고, 걷는다 과연

    증세에 관하여 의사는 물었다

    의사는

    물었다 몸은 대답하지 않았나

    °

낭비된 몸과 낭비되지 않은 몸 어느 쪽도 선택될 여지가 없다 밝은 미소를 떠올리면 잠들기 어렵다 끝이라는 말조차도 끝을 기약하고 있진 않으므로

친해질 구실이 없다고 여겨지는 인물이 꿈에 나왔다 숲을 걸었다 숲이 숲인지 모를 때까지 그의 꿈이었는지, 그가 나의 꿈을 꾼 것인지

지나간 애인에게는 멋진 선물을 주고 싶었다 부끄럽지 않은 선물이고 싶었고, 그게 시라고 믿었던 시절이 있었다 시는 부끄러웠다 여름날 편히 누울 자리는 어디에도 없었다 여름날의 기억으로 살다가는 아무 계절에도 살지 못할 것이다

따지고 보면 따져 볼 일이 많다 그런 의미에서 좋은 날을 떠올리면 좋은 날은 떠오른다 그 기억으로 평생을 팔아 치울 수도 있다 내가 믿는 천국이란 물구나무선 채 하얀 출발선을 재빠르게 지나가는 것이다

。

　파티는 끝났다 낡고 더러운 침대에서 죽어 갈 것이다 아침일까? 에르베 기베르 김춘수 채호기 읽는다 너무 많은 활자들 활자와 활자
　다른 활자를 헤엄치고 싶었다 죽은 사람이라는 건 다행일지도

　벨을 눌렀다 하얀 수의 입은 의사 나타나서

　말했다
　말했다

　나만
　말했다

　。

　말했나

말했을

의사는 무례했으나
슬프지 않았다

듣지 못하는 나를 사랑했으므로

의사가 건넨 매듭을 묶다가 웃었다 거듭되는 매듭도 나를
막지 못할 것이다 몸으로 몸을 미는 동안 매듭은 스스로 조
여질 줄 안다

뛰며
뛰고

마시고
마시며

울다

나란히 누운 의사들 눈과 눈을 맞춰 눈치 살피는 창문과

창문들

두 번 다시 나를 만나지 않고 새로운 사랑을 시작할 거라는

사실

빛도 어둠도 없는

빛이 드는 곳에 그가 있다

배트가 휘둘러지고

창이 깨졌다

쏟아지는

빛

커튼을 찢었다

□

나는

빛이 드는 곳으로 끌려간 다음

손을 들고 벽을 보았다

□

점심시간이었다

같은 반 친구는

수학 선생님을 사랑한다고 말했다

□

저수지로 갔다

거대한 트램펄린으로

하나둘씩 뛰어들었다

머뭇거리는 도중

나의 팔목 붙잡고 끌어당겼다

필사적으로 젖어 버린 나를

아스팔트에 널어놓고 마저 놓았다

눈을 감았다

해가 지고 있었다

□

선생님들이 모여 있었다

□

빛이 드는 곳으로 가서

손을 들고 벽을 보았다

□

배트가 휘둘러지지 않는데

창이 깨졌다

□

영향력에 대해

한참

□

남겨진 백지를 본 적 있다

몽골인들을 위한 클럽

화해를 청한 건 친구였다

수락하지 않은 채로 꿈을 박차고 나왔다

이틀을 깨어 있었다

바깥은 저녁이다

꿈과 꿈

혁명에는 폭죽이 없다

동료와는 죽고 싶다는 말을 나눴던 기억이 있다

오늘의 애인과는 사랑하지 않을 작정이다 어쨌거나

아름답게 실패했으므로

세상이 불탄다 웃지 않는다 그가 출동하고 있다는 사실로
인해

비로소 눈 그친 풍경을

싸움을 믿지 않는다

나를 믿는가? 애인은 내가 나를 좀 더 사랑했으면 좋겠다고 말하였다 약간의 오해이다 항변일까? 확성기를 들고 노래 불렀다 나의 노래는 충동적이고 충동은 올곧고, 충동은 올바르지 않고 객관적 사실을 통한 이곳은 한적한 공원이다 벤치들 너무 많은 벤치에 앉는다

이름들
할 수 있는 모든 수단과 방법을 총동원해서라도 사랑을 전하고 싶다

빛나는

사랑을

언어를 저지른다

발견되는 것은 상자뿐이다

나의 반성은 아름답지 않았지만 애인은 내가 들고 온 상
자를 사랑했고 나 역시 상자를 사랑했다 상자는 애인을 특
히 사랑했다 그 사실은 아무런 문제가 되지 않았다

어느 날 싸웠다

애인은 칼로 자신의 허벅지를 긋고 경찰을 불렀다 경찰에
게 내가 가한 짓이라고 말했다 경찰이 떠나자 애인은 떠날
채비를 했다 떠나는 애인을 붙잡지 않았다

애인은 운전을 할 줄 안다
가야 할 곳으로 스스로 간다

눈 내리는 해변을 걸었다 휘파람을 불었다 휘파람을 불
수 있다는 건 다행일까 부끄러움일까 내리는 눈은 아름다움
일까 아름다움만을 믿어선 안 된다는 일종의 신념이 있다

사실도 자명도 아닌
생각은 스스로 출발되었다

\>

일부는 영원히 살 수도 있지만 영원히 살지 않을 것이고 일부는 영원히 살 수 있다면 영원히 살 것이다 일부는 자살을 택할 것이며 일부는 자살을 택하지 않을 것이다 어느 겨울에는 야채를 팔았다 불 꺼진 미래는 계속될 것이다

나를 믿는가?

사랑할 용기가 남아 있다

사실이 남는다

기쁘게도

Haley

돌아온 너는 숨죽어 울고 있는 나를 위해 빵을 구울 것
이다

2부

출처

눈이 부시다

침대가 두 개 놓인 방 안에 혼자 누워 있으면 고양이는 울지 않아도 운다

현관문을 두드린다

신음 소리가 들린다

많은 양의 물이 한꺼번에 내려가는 소리가 들린다

경찰이 경찰입니다 소리치는 것

같다 누군가 나를 지켜보고 있다

전부 거짓은 아니겠지만

선생님께 혼이 났다 선생님은 나에게만 엄격하시다

선생님 씨발 저한테 왜 그래요

온몸에 새겨진 문신을 읽는다 내 손으로 직접 묻고

떠날 것이다

친구는 말했다 너는 자주

싸움을 통해 정당화하는 것 같다고 옳고 그름을 따지는
것은 아니다

정당일까
정답일까

오늘은 현명해지기로 한다 도망치지 않는다면

세상엔 무서운 일이 많군 그렇다고 계속해서 도망칠 수는
없지만

영영

걱정하지마걱정하지마걱정하지

마?

숲에 관한 이야기입니다

젊은 시인들은 시 속에 숲을 자주 들먹이는군요 정작 숲
에 가볼 일도 없으면서 그런 시에 누가 현혹됩니까 사랑다
운 사랑은 새빨간 거짓말입니다

풉

숲에서 발견될 시체를 향해 일동 경례

묵념일까?

시대의 사랑은 있습니까

옛 친구와는 이별한다 분명해지고 싶다 분명해지고 있다
분명은 사람을 허무주의자로 만든다 기분을 알 수 없던 탓
에 엄마는 무명 소설가였다

잘못 태어났다 엄마는 나로 인해 죄가 없는 사람이었다
다른 사람의 손을 빌려 나를 숲에 버렸다 숲으로부터

쫓고 쫓기며

내게 외로워질 용기 있다 말뿐인 말을 주워 담는 동안 안
타깝게도 이 시에는 이미지가 없다

이미지란 없다

없는 이미지는

없는 걸까 구상 중인 미래를 덮고 어제로 간다면

>

이미지는 과연

잿더미가 될까

두 사람이 하는 사랑을 보고 있다

혼자 추며 걷고 마시고

아무도 찾아오지 않는 방의 문을 활짝 열어 두고서 미끄러지는 사람 사이에 있다 미러볼은 너무나도 많다 끝나지 않는 기분은 어디서부터 시작된 거지? 학교에 가지 않을 것이다 Li Yi는 나의 생활이 엉망이라고 조언했다

비명을 지를 것이다

지르고 나면 무엇이 남지

아무것도

스스로 획득하는 문장 이후의 문장 쓰이거나 쓰이지 않는 오류 다른 클럽에 있다 뉴저지를 생각한다 토론토는 생각하지 않고 안산을 생각하며 한국을 벗어날 수 없겠다는 생각 내 오랜 사랑 뉴저지에 학교를 가지 않았나 일어났으면 출근해야겠지?

학교를 가지 않았다

。

낯선 기분으로 산책,
산책을 했다 사실일까

여름은 오고 말 것이다 여름 안에서 멋진 춤을 출 것이다
자 이걸 봐 내가 멋진 춤을 추고 있잖아 영원한 건 없다 영
원할 건

거울을 본다
거울을 보는
남자는
살아 있지만 살아 있지 않은 것

부서진 빛
빛과 빛
드럼 소리
무언가에 의해서

찢어지는 소리

칼로 긋는 소리
반복적으로

냉혈한 표정의 한 남자가 서 있을 뿐

현관 비밀번호 바꾸지 않았다
약속했으니까

　。

마르지 않는 햇빛 안에서 너와 고양이랑 낮잠 잤다 머리
끝까지 이불을 뒤집어써도 고양이가 옆에 와 있다 처해 있
는 상황과는 별개로 너는 침대를 벗어나 깨끗한 주방에 서
서 체리를 씻는다 죄와 의식을 나눠 가질 수 있다면

　오래된 친구는 사복을 입은 경찰이었다

생각은 하지 않을 때조차 진행 중이다 생각의 일원으로서
겪고 싶지 않은 일은 겪고 싶지 않다 잃고 싶지 않다 잊는다
는 것은

거짓이 아니다

입을 열 때마다 체리 냄새가 쏟아지는 너
좋은 냄새 같기도,
나쁜 냄새 같기도
혼자서 멋진 춤을 추는 방법을 안다

평온한 표정으로 낡고 더러운 거실 바닥에서 깨어날 시간
이다 테이블 위 가득 찬 물병이 있다

여기는 춤을 추기에 참

조경

울타리를 친 마당 딸린 집이 있다

그를 닮은 아이 하나 마중 나와 있을 것이다 잔디가 깔린 마당에는 스프링클러가 돌아가고 있다 볕이 좋은 주말이면 제초기 손잡이를 밀어 가며 마당을 깎을 것이다 제초를 마친 그는 따뜻한 물을 받아 놓은 욕조에서 반신욕 한 다음

편한 차림으로 아이와 함께 캐치볼 할 것이다 아이는 조금만 천천히 던질 수 없느냐고 응석을 부릴 것이다 캐치볼이 끝나면 아이를 거실 벽으로 데려가 아이의 키를 표시해 둘 것이다 그동안 표시해 둔 자국을 보며 자신의 아이가 얼마나 자랐는지 실감할 것이며

사별한 지 오래된 아내가 있을 것이다 멀지 않은 교외에 그의 아내가 묻힌 무덤이 있다 아내가 묻힌 곳을 향해 가볍게 목례할 것이다

오후에는 근처 강가에 앉아 지는 해를 바라볼 것이다 아

내를 생각하며 시간 가는 줄도 모르고 물수제비를 뜰 것이다 어두워질 때까지 아무 말도 않고 앉아 있을 것이다 날이 어두워지면 이제 그만 집에 가자 혼잣말하면서

시내로 돌아와 태국 음식을 포장해 갈 것이다 아이는 커다란 인형을 껴안고 깊은 잠에 빠져 있다 그는 거실 소파에 앉아 포장해 온 음식을 뜯으며 맥주 뚜껑을 열 것이며 티브이를 틀 것이다 맥주를 마시는 동안 당구를 치고 있고, 끝까지 공을 뺏기지 않았다

지나면 사랑만 남을 것이다

어디에서부터 시작되고 어디까지 갈 작정인지 알 길이 없지만

다시 만난다

준비하시고 쏘십쇼

정하였다

잠을 보며

보고 있습니까?

척추에 날개가 달려 있다 음악이 있다 도취가 있다

끊임없는 배반
학습과 공포

시작됐다

사랑이
끝났다
시작될 것이다 좋은 날이 올 것이다

사람 없이는 사랑이 될 수가 없다 낮게 나는 새는 어찌할

수 없다 유명은 따라오게 될 것이다

　박수 칠 것이며

　박수는 계속될 것이다 눈을 감고 곧바로 뜨면 사랑은 다
가와 있을 것이다 묵념도 해방도 없이 죽음도

　밝혀지지 않는 이야기는 거짓이다 온전히 싸워 왔다 모두
가 나를 알고 있지만 하나도

　알 수가 없다 해방과 해방 집념과 가문 사이에서 갈팡질
팡하는 회초리가 있고

　살아갈 것이다
　사람을 죽이지 않고도

　이상한 곳이다

죽음은 도리어 생명을 준다 그곳은 원래 그곳에 있었다
웃을 수 있다

사형이 시작되었다

연쇄

새장을 매달았다

새장 앞에서 넘어졌다 이곳은 세로가 더 길지만 가로가 세로보다 열등하단 말은 아니다 직사각형은 다른 한쪽의 협조가 있기에 태어난 모양일 수 있다

천장엔 녹슬고 빈 새장이 모빌처럼 매달려 있다 새를 들였다 단지 펭귄을 닮았다는 이유만으로 저 새의 이름은 펭귄이다 새의 의지와는 상관없이 펭귄은 펭귄을 본 적 없다 세종기지를 알 수 없다 지구가 뜨거워지고 있다는 사실조차

거짓된 사실을 통해 펭귄은 탈출을 꾀한다 탈출하지 못하게 새장의 입구를 케이블 타이로 묶었다 탈출하지 못할 거란 확신을 가진 후 한숨을 돌렸다 지나칠 정도로 펭귄의 영향을 받는다 펭귄의 영향 내에서

가능성을 열어 두자면 안과 밖을 나누는 기준이 들어섬과 나옴만은 아닐 것이다 계속해서 안을 헤맨다면 이곳은 안이 아닌 밖임에도

혈관으로 즉시 투여되는 주사액을 보며 활짝 웃었다 시간이 더디게 흐르는 것 같다는 건 나의 변명일까 빛나는 것을 선망했다 이제는 나보다도 어린 티브이 속 아이돌을 보며 따라 춤췄다

내가 생각한 만큼만 사랑받았다 몇 번의 사랑은 후회하였고, 몇 번의 사랑은 후회하지 않았다 얼마 전에는 헤어진 연인에게서 청첩장을 받았다

산다는 건 놀라운 일이다

주삿바늘에 설득력이 있었다면 좋았을 거다 이곳이 안이라는 설득을 얻고 싶다 안타깝게도 짐작은 아주 가끔만 들어맞는다 내게도 원인을 알 수 없는 병을 앓던 친구가 있었다

회복에만 전념하기로 한다

비 오는 날 아이 여럿이 우산도 없이 내달리는 장면 모두

가 영원히 살 수도 있지만 영원히 살진 않을 것이다 펭귄을
닮은 얼굴로 케이블 타이를 물어뜯는 저 새 또한 마찬가지
로

재건축

하나의 자세로

의자에 오래 앉아 있었다

다짐과 함께
엎질러진 마음을 주워 담으며

졸았다

감은 눈으로
여러 가지 생각이 동시에 들었다

너무 많았다 쓸데없다는 말이 아니다

조명 줄에 매달렸다

나를 보며 박수 치는 사람과
박수 치지 않는 사람

마지막인 것처럼

날았다 포물선을 그리며

□

여름이 끝나 가고 있었다

기억나지 않는 사람과
호수를 걸었다

묶여 있는 오리 배를 보자 낡은 기분이 들었다

계속해서 나를 살피던 그는 걸음을 멈추고 나의 머리를
쓰다듬었다

영화관에서 헤어졌다

영화의 중반부에 집으로 돌아왔다

부리가 짧은 오리와 욕조는
그날 본 전부였다

□

요람을 샀다

단단한 목재로 만들어진

□

어떤 일에는 힘을 더하고 싶다 어떤 일에는 힘을 더하지
않아도 된다

구름 한 점 없는 하늘이
가게 될 곳이라고

그럼에도

□

나를 미워하지 않는 아이가 태어날까

말했다

트랜스

송전탑 오르는 나를

대신하시는

하물며

참을 수 없는 바깥에는 바깥이 있다 정치가 있고 정치에는 많은 사람들이 몸을 섞고 혀를 굴리고 시를 쓰고 쓴 시를 소리 내어 읽고 읽은 시를 덮어 두고 다시 시를 열고 입을 통해 혀를 내두르고 내두른 혀는 세 치에 불과하다 웅변을

끝마친 너는 장난을 덮고 일에 몰입해 있는 네게 칭찬을 가득 받고 싶다 장난을 열고 장난을 닫고 장난의 바깥에는 바깥이 없고 많은 사람들이 희생되는

일과를 마친다

일과를 마치면 창문이 모조리 닫히고 송전탑을 오르는 내가 있으며 너는 송전탑을 오르는 나를 위해 외치던 것을 마

저 외치고

의도를 알아낼 수 없는 찰나

창문이 활짝 열린다

창문 틈으로 미천하게나마 빛이

오렌지

　오렌지를 손에 쥐고 망설였다 거실은 햇빛으로 가득하다 너는 다롄에 가기 위해 필요한 옷가지들을 챙긴다 언제 돌아와? 네가 죽으면 그럼 영영 돌아오지 않겠군 다롄의 날씨와 풍속을 어렴풋이 안다 다양한 소수민족이 있고 아름다운 항구도시로 알려진 그곳에서 너는 많은 사람을 만나고 헤어질 것이다 이곳의 햇빛 따위는 잊어도 좋을 만큼

청사진

망원 한 바퀴 돌았다 꽃도 개도 있다 온몸에 문신을 새긴 남자는 문신사가 아니다 꽃 무더기 씹는 개를 본다

본다는 인식

있음은 없음을 만든다

오늘은 진심으로 원을 모방했다 지켜 내고 싶었지만 말 속엔 진심이 담겨 있지 않다 원은 내가 될 수 있음에도 구 겼다

면접에서 떨어졌다 면접관은 내게 꿈과 희망만 있는 헛된 젊은이처럼 보인다고 말했다 다행히 면접관의 인식은 틀리 지 않았다 면접관을 향해 구긴 원을 던졌다 던져진 원의 중 심으로 힘껏 뛰었다 유발된 웃음을 웃다가

웃었다 단언하고 싶다 코끼리는 코가 길다는 사실마저 개 입된 생각일 수도 있다 살고 있는 집이 좁은 이유로 이사할

집을 알아보았다

　웃고 있다는 인식으로 멀어진 친구에게 연락이 왔다 친구
는 안부를 물어 왔다 코끼리를 생각한다고 대답했다 친구는
어떤 방식으로 코끼리를 설득해 내고 싶으냐고 반문했다 코
끼리를 설득하기 위해선 코끼리만을 생각할 순 없다고 대답
했다 그런 이유에서 코가 긴 코끼리는 성공적인 개체다

　순애와는 빵집을 차릴 생각이었다 빵을 좋아하는 사실이
이유가 되진 않았다 계량하고 반죽 치며 관여를 깨달았다
오븐 안에서 둥글게 부풀어 오르는 반죽 더미를 보며 함께
박수를 쳤다 빵집을 차리는 데에는 실패했지만

　점멸하는 빛 속에서 멋진 미래를 꿈꾸었다 낮에는 밤을
생각하고 밤에는 낮을 생각하며 다른 이름을 빌렸다 이름을
말하는 즉시 관자놀이에 방아쇠 당기는

　두 번째 소설에선 두 명의 인물이 나왔다 그들이 잘 지내
기를 바란다

문장의 한가운데에서

사랑하고

웃고 떠들고

가능할 수도 있겠다는 믿음에 한해서 봄날에는 상주복을
입고 조문객과 인사를 나눴다 한때는 진심으로 나의 행복을
빌어 주는 이가 있었다

그가 빌 때마다 불행한 일이 생겼다

구성

    터널은 끝나 가고 있다 터널이 세워지기 이전의 터널에 대해 생각한다 두 개의 터널을 떠올릴 수 있다 터널은 어둡다 터널은 쌓인다 동일한 양상을 향해 간다 휴일을 지나 어디선가 불이 났다 한 줌의 소란이 있었다 젖은 쌀처럼 한 방에 모여들었다 울상을 짓거나 울진 않았다 그를 추억했다 각자가 기억하는 선에서 그에 대해 떠들었다 추억은 지겨 웠다 지겨움이 무엇을 의미하는지 알고 있었다 한 방향으로 만 걷다 보면 다시 만날 수 있다고 믿었다 불이 여기저기로 번져 갔다 환한 얼굴로 불을 끄러 나갔다

이곳을 얼마나 사랑하는지 그럼에도 얼마 나 떠나고 싶어 하는지

노래를 들었어

하늘을 날고 싶었지

끝났다는 기분이 들 때

지금쯤 초원을 걷고 있니?

어떤 얼굴을 하고 있니

슬픔

없는 곳에서

장롱 안에서

문을 열고 들어오길 기다렸어

축하해

생일날

말없이 촛불을 불었지

긴 침묵과 함께

후

여름을 적거나 여름을 적지 않는다

　수에게 스타듀밸리를 선물했다. 수는 옆에서 스타듀밸리를 하고 있다. 한낱 주장일 뿐이다. 세 번째 소설은 혜원에 대해 적으려고 했으나, 그녀는 그 이름을 버렸다. 새로운 인생을 살고 있냐고? 그건 잘 모르겠다. 수와 함께 살고 있다. 수는 사랑스러운 눈동자를 지녔다. 수의 눈동자를 잃고 싶지 않다. 자극적인 삶을 살았다. 더는 자극적인 삶을 살고 싶지 않다. 자극은 지난하게 느껴진다. 수가 없는 삶을 생각하면 견디기 힘들어진다. 어제는 수가 나를 두고 다시 뉴저지로 떠나는 꿈을 꾸었다. 나는 튕겨 나가듯이 꿈에서 깼고, 수는 나를 달랬다. 수는 나보다 나이가 어리지만 나보다는 어른 같다. 우리는 자주 합정에 간다. 좋아하는 카페가 합정에 있다. 이 소설의 결구는 이렇게 적어 내고 싶다. "나는 평생 동안 이번 여름을 잊지 못할 것 같다" 그러니까 이 소설 또한 사랑에 관한 소설이다. 연애소설을 쓰고는 싶었다. 누군가 읽어 주길 기다리는 일기장의 심정으로. 세상에 비밀은 없다. 첫 번째 소설과 두 번째 소설에선 자폐적인 글자 놀이를 했다. 지금 생각해 보면 두 편의 소설은 나를 위한 소설이었다. 두 편의 소설에 등장한 인물들이 소설 밖에서만

큼은 행복했으면 좋겠다. 영영 죽지 않았으면 좋겠다. 사랑
도 하고 맛있는 음식도 먹고. 진심이다. 여름을 적거나 적지
않고는 싶다. 안산을 떠나 서울로 왔다. 안산을 떠나니 안산
의 어둡고 축축한 거리들이 그립다. 그러나 서울엔 사랑하
는 나의 친구들이 산다. 처음부터 우리가 서울에 살았던 것
은 아니지만, 고향으로부터 벗어나려는 멍청이들만이 서울
로 모여들기 마련이다. 고향에 잔류해 있는 친구들을 멍청
하다고 생각한 적도 있지만. 우리 스스로도 알고 있다. 우리
가 더 멍청하다는 사실을. 고향에서 지냈으면 더 편했을 수
도 있을 거다. 사실 우리는 서울을 사랑하는 것이 아니라, 서
울에 산다는 점을 사랑한다. 서울은 멍청이들로 가득하다.
세상이 바뀌고 있다. 여덟 번째 대륙이다.

연루

친구의 문장을 훔쳤다

멋진 문장이었다 명복을 빈다 동네를 떠나고는 싶었다 드라마 보았다 십 대들이 인터넷에서 마약 파는 내용이었다 수와 함께 미국에 가기로 했다 뉴스 틀었다 미군이 철수하자 탈레반이 아프가니스탄을 점령했다

일본에 있었다 오타루의 길게 줄지어진 불빛 아래 누군가 길 물어보면 다음과 같이 말했다 스미마셍 미안한 일이 참 많았다 애인은 연극을 좋아했다 따라서 자주 연극을 보러 다녔는데 폭소가 터져 나올 때마다 나만 웃지 못했다 그때마다 내게 귀띔을 해주었다

헤어지고 많은 사람을 만나고 다시 헤어졌다 만나고 헤어지는 동안 월요일부터 금요일까지 일을 했다 일을 해서 번 돈으로 술을 사 마셨다 금요일부터 일요일까진 술을 마셨다

재밌는 일이 많았지만

>

나를 버렸다 내가 그들을 버렸다

과거를 답습하는 행위만큼 바보 같은 일이 있을까 미래를 살고 싶다 반면에

한국에 대해서는 싫증이 난다 이 나라를 사랑하거나 사랑하지 않는다 가능하다면 떠나는 게 맞겠다 수와 함께라면 괜찮을 것이다 지지하는 후보가 졌어도

희망을 가지고 있었다 지금은 아니다 떠날 것이다 나쁠 것도 나빠질 것도 없이

횡단보도를 건너고 있다

어떤 방식으로든

믿는다

:

가지 못했다

(2023. 08. 26.)

연무

    창을 열자 찬바람과 함께 쓰레기차가 지나가고 있었다 노파가 층층계를 오르고 있었다 창을 닫고 커튼을 쳤다 윗집에서 피아노 치는 소리가 들렸다 매번 똑같은 부분에서 음 엇나갔다 낮잠에 들었다 잠든 너의 입술에서 연기가 피어오른다

쾅

싸우고 싶지 않다고

생각하는 동안 빨래가 마르는 동안 마음이 텅 비어 있는 동안 형제가 죽는 동안 샌드위치가 상하는 동안 순수를 잃는 동안 체념을 얻는 동안 음악이 끝나는 동안 줄이 줄어드는

3부

410

교차되는 마음

안에 다른 마음

너는 직업이라도 가졌구나

직업의 평균치를

"나를 사랑해?"

"나를 증오해?"

나쁜 여행은 아니었다

생각은 언제든지 떨쳐 낼 수 있다

사각 테이블 위 빈 물병이 있다 바싹 마른입이 있고 끝없이 펼쳐진 파란 하늘

세상이 망한다면?

빨간

의자

밑

떨어진

사과

해가

뜨고

개똥

낮잠

자자

푹

자자

자자

자자

웃지 않는다

어느 날 모든 것을 잊어버릴지도 모른다 내가 나를 잃을
지도 모른다 나만

불타는 손으로

환한 날들

오랫동안 울적할 것이다

검은
심장을 끄집어내어
네게 자랑할 것이다

닭장에는 닭이 산다
개미굴에는 개미가 살고
둘이서 고양이를 구조했다

멋진 허리를 가졌다
필요로 할 것이다

아비는 접근 금지 명령을 신청했다

규율

폭력

성실함

하마는 포악하다

완전해졌다

포도 주스를 마시는 동안

아무 일도 일어나지 않았다

내가 바라던 건 침대를 버리는 일뿐이었지만

어디까지나 이야기

끝나면 무엇을 하실 건가요?

그림 하나 그릴 겁니다

°

웃지 않아도 된다 여차하면 뛰어도 봄의 예쁜 꽃과 죽은
물고기를 생각하지 않아도

쉴 만한 물가는 없다

나를 푸른 초장에 누이지도 않으시면서

화해한 친구와 비슷한 이유로 다시 싸웠다 녹는점과 끓는
점에 대해 토론했다 친구는 너무 쉽게 녹았고 나는 너무 쉽
게 끓었다 친구는 나를 사랑했고, 나 역시 친구를 사랑했지
만

포물선 그렸다

사각을 통해

깰 줄 모르는 얼굴 물러설 곳 없다 낡고 꼬질꼬질한 침대 위에서 종이접기 하고 배달 음식 시켜 먹고 게임하고 대부분의 시간 동안 서로에게 져주며

봄을 기다리겠지

숨죽여 온

。

그림을 멈추지 않을 것입니다

이주빈

적에 관한 생각을 건너다 보면 아침이 온다 기어코 사랑
하고 만다

단풍 같은 손에 빛과 어둠을 쥐여 주던

모든 한국은 이국이다

트라이얼: 통속으로서의 서정 그리고 이 모든 연관으로부터 멀리

주먹 쥐고

일어나거라 잘생기고 단정하신 전도사님 나를 보우하사 불 꺼진 화장실로 건너오너라 손짓하매
바지를 벗기시는

여름을 애도해야만 한다

진짜가 가짜가 될 때까지 가짜가 진짜가 되는 내 사랑 언제 바지춤 올려 줄까 그러나 그는 벨트를 휘두른다 나의 입 틀어막고서 꼬리가 길면 밟히기 마련입니다

쉿

이 부분에서 나의 하나님 어느 곳에도 안 계신다 어두운 곳에서 군림하신다던 그 분 쿨한 표정으로 장을 나누시지도 않으시매
빛이 있나이까 태초가

>

있나이까 잡귀들로부터 저를 저지르매 어찌하여 저를 계
시나이까 나는 쿨합니다 전도는 가장 더럽고
가장 어둡고
축축하고 전도는 그가 쏟아 낸
물질에 불과하기 더 멀리 있기

여름날 서정을 멈출 수 없다

반려

멀지 않은 옛날입니다

상처로 가득한 열한 살, 준이 서울의 여름을 보내고 있을 때의 이야기입니다

고양이가 살았어요 턱시도 무늬를 가진 검은 고양이였는 데요

힘든 날을 보내고 있었어요

비가 쏟아지는 날이었습니다

준은 쏟아지는 비 맞으며 언덕을 오르고 있었습니다

이상한 기분이 들었어요

가로등 아래에 박스가 있었습니다

박스는 잔뜩 젖어 있었고, 눅눅해진 박스 구석에 새끼 고양이가 울고 있었어요

준은 무언가를 느꼈습니다

준의 머릿속에 전구가 켜졌어요

준이 고양이를 데려가기로 마음먹기까지 3초도 걸리지 않았습니다

준은 박스를 향해 손을 내밀었습니다

하지만 손을 내밀수록 고양이는 준을 피했어요

빗발이 굵어지기 시작했어요

준은 말했어요

— 집에 가자

— 가야만 해

고양이는 말했을까요?

마침 준의 가방 안에는 담요가 있었어요

준은 담요를 펼쳐 고양이를 품에 안았습니다

달렸어요

그래요 달렸습니다

집으로 돌아온 준은 품에 있던 고양이를 천천히 내려놓

았습니다

아주 조심스럽게

깨지기 쉬운 것을 다루듯이 말이에요

준의 머릿속에 전구가 켜졌어요

— 이제부터 네 이름은 조제

— 조제라고 부를게

그렇게 고양이의 이름은 조제가 되었습니다

준은 조제를 사랑하기로 마음먹었습니다

조제도 마찬가지일까요?

준은 조제도 자신을 사랑했으면 좋겠다고 생각했습니다

조제는 준에게 쉽사리 마음을 열지 않았어요 숨었어요

나오지 않는 날이 많았습니다

준은 곳곳에 밥과 물을 놓아두었어요

조제는 배고플 때마다 나오는군요

거실은 사막이 되어 있어요

모래를 쓸어 담네요 발이 푹푹 꺼지면서도 조제는 같은 곳을 헤맵니다 낮은 자세로 도망칩니다 준은 그런 조제를 내버려두었어요

여기서부터 이야기가 다시 시작될 수도 있겠지만

아아

멀지 않은 옛날이에요

그건 조제에게도 마찬가지겠죠?

이 부분에서 전구가 켜지진 않아요

준은 적당한 거리를 두고 조제를 기다렸답니다 조제가 마음을 알아주길 바라면서요

창문 열면, 여전히 비 내려요 콘크리트 젖어 들어가고요

창문 닫습니다

— 어디에 있니

— 어디에 있니 조제

준은 눈을 감고 아름다웠던 시절을 떠올려요

그때로 돌아갈 수 있을까요?

돌아갈 수 없더라도 괜찮아요

그때도 나름대로 힘든 일이 있었어요

비밀을 알려 줄까요?

아끼는 책을 빌려줄 땐 돌려받지 못한다는 사실을

네모난 방이었어요

지금부터 하는 이야기는 지나치게 사실적인데요

준이 조제를 살린 줄 알았는데

조제가 준을 살리고 있어요

이 사실을 조제가 알까요

하지만 사실 따위는 중요하지 않아요!

이 모든 걸 준 혼자만 알고 있더라도

괜찮아요

세상은 그런 거니까요

시간이 흘러요

계속해서 흐르다 보면 어느새 준의 옆에 조제가 와 있네요 여기서부터 이야기는 다시 시작된답니다

어느 날에는 빛이 무성했어요

준과 조제는 쏟아지는 빛 속에서 낮잠을 잤습니다

어느 날에는 비 내렸지만요

그래요

그런데요

그런데 말이에요

이제는 내일에 와 있어요

준과 조제는 내일에 와 있습니다

모레 글피에 있어요

준과 조제는 둘도 없는 친구가 되었어요

아침에는 아침을 먹을 수 있어서 좋고요°

알 수 없는 일이 일어나도 괜찮아요!

3초만 생각하면 돼요

조제를 데려왔던 그날처럼 말이에요

미래에는 말이에요 티브이를 틀면 준의 무릎에 조제가 와

있어요 아름답지 않나요?

강요하는 건 아니에요

생각은 생각일 뿐이니까요

세상에는 알 수 없는 일이 너무 많아요

예쁜 일도 많아요

그 예쁨에 울 수 있어요

왜 이런 이야기를 하느냐고요?

울고 있어요

조제를 보내야 할 때가 왔기 때문이에요

여름이 지나갔어요

눈부신 빛이 쏟아져요 어느 날에는 비 내리고요 눈이 올
까요? 조제는 눈이 오는 날을 퍽 좋아했답니다

그래요

더는 조제를 볼 수 없지만, 준은 괜찮아요 다시 돌아간다
하더라도 준은 조제를 3초 만에 품에 안을 거니까요!

끝이 아니에요

˚ 황인찬, 「무화과 숲」.

이곳은 마지막이 아니다

복도 끝으로

끝에서

빛이 있는 곳으로

걸어 나간다

빛을 등진

친구들이 기다리고 있었다

살아 있었구나

비로소

오지 못한 친구를 생각하며 잠깐 눈을 감았다

뜨면

때맞춰 눈은 내린다

입을 열고

혀를 내밀고

눈을 받아먹는 동안

서로를

과장되게

웃고

웃다가 보면

어디선가

찰칵

소리가 들리고

아주 잠깐의 정적

후에

훈화 말씀이 끝난

후에

교문을 지나

닻

2023년 3월 27일 오후 8시 27분
남 뚫어져라 쳐다보지 않기.
하고 싶은 말 참기.

멋지고 근사한 말만 적고 싶었다. 내가 할 말은.

죽을 날을 받아 놓은 건 아니다.

영원히 살 수 있다면 영원히 살게 될 것이다. 벽에 똥을 칠할 수도 있고 정신이 온전할 수도 있겠지. 아빠가 밤에 잘 잤으면 좋겠다.

마찬가지로. 나쁜 꿈 안 꾸고, 꿈꾸지 않고 푹 잤으면 좋겠다. 멈출 수 없는 생각에 사로잡히는 건 둘 다 그만했으면 좋겠다. 그런 생각을 한다. 집안 자체가 저주받았다는. 잘못 태어났다는.

꽃 가득한 관을 보며 흐느끼던 사람 사이에서. 생각을 망치로 깨면 무슨 소리가 날지.

이불을 머리끝까지 뒤집어쓰고 숨죽여 하품할 때. 고양이가 이불 속으로 들어와 가만히 나를 응시하고 있었다. 고양이는 교도관처럼 보인다.

복권을 사본 적 없다.
한국은 좁은 곳이다.

골을 넣지 못하는 최전방 공격수는 나쁜 걸까?

헛발질만 해대는 사람 재밌다
재미를 잃지 않기를 바란다.

가족이라서 이불을 덮고 사는 것도.

살게 된다면 좋은 아버지가 될까. 평생에 걸쳐서 가족을 찾아 헤맸다. 외로울 때도 외롭지 않을 때도 있었다. 사랑을 준 모든 사람에게 감사하다는 말을 전한다. 사랑을 주지 않은 모든 사람에게도 감사하다는 말을 전한다. 상처를 준 모든 사람에게 죄송하다는 말을 전한다. 상처를 건넨 모든 사

람에게도 죄송하다는 말을 전한다. 제가 상처를 준 모든 사
람에게: 딱 그만큼의 죄책을 짊어지고 살아가겠습니다.

시는 시일 뿐이다. 카레는 맛있고.

오래된 날 끝나면 새로운 날
반드시

지층은 충만하다.

내게 단 한 명의 아내가 있다.

이들과는 다시 만날 것이다
이들은 나의 모피어스다

            :

보고 있으면 그 길로 도망쳐.

술 그렇게 마시다간
머리에 구멍 생긴다.
나처럼.

사랑하며
증오한다.

다음이 있을 것이다.

하나님 아버지 감사합니다.
예수님의 이름으로 아멘.

당신들이 나를 놓지 않았던 것처럼 나도 당신들을 놓지
않을 것이다.

어둡고 더럽고 축축한 늪지를 지나는, 지나온 모두에게
영광을 돌린다. 이미 아름답다.

마지막은

이미 걸어 버렸다.

무덤

파티에는
초대받지 못한 사람만이 가고 싶어 한다

예쁜 말만 하는 나를 한데 모아
솥에 던져 버리고 싶다
그리고선 팔팔 끓일 것이다

음
맛이 좋군

탭댄스
추며

해변으로 갈 것이다 언제나 그랬듯이 해변에서 만날 것
이다 어서 오라는 손짓과 함께

4부

환란

분에 넘치는 육친의 인애는 제게 **사랑의
빚**을 남겼습니다. **H**의 선량함이 인간의
아름다움을 신뢰하게 합니다. 두루
고마움을 전합니다.
아침에 본 하늘은 높고 푸르렀습니다.
그 하늘 아래 숨 쉬고 있어 감사한
날들입니다.
정진하겠습니다.

형제자매마저 등 돌렸으면 좋겠다. 욕설했으면 좋겠다.
현자처럼 구는 게 짜친다고. 파토스는 무섭다고. 두 번 다시
연락하지 말라고.

악법도 법이다.

아멘도 맨이고.

진절머리 난다.

싸움이 일어났으면 좋겠다. 장작을 쑤셔 넣고 있다. 싸움
이 나를 자살 직전까지만 몰고 갔으면 좋겠다. 실례를 무릅
쓰고 말합니다. 양쪽 다

좆.

야

유감이다.

비약하지 말라며.

어디 한 번 또 소리 질러 봐.

계급성

123

이소정이 만들어 준 쿠키 먹다가 죄다 쏟아서 엉엉 울어
버리고 싶다.

사람들이 나를 하대하지 않았으면 좋겠으면서.

하대했으면 좋겠다.

김민석이랑 이정욱이랑 수영장 가고 싶다.

클럽에서 모르는 남자랑 싸웠다.
남자는 내 목소리를 흉내 냈고
나는 웃었다.

다시 태어나면
이 세상이 없었으면 좋겠다.
나만
참고 싶다.
근데 참기 싫다. 참아야 한다. 언제라도

시를 배신할 준비가 되어 있다.

폭주족에게는 괜히 시비 걸고 싶다.

지금 광복절 아니잖아요.

여기 주택가인데다가 잘 시간인데 뭔 지랄입니까. 이승우 선수에게는 미안합니다.

먼 훗날

파헤치지 않았으면 좋겠다. 그저

잘 도착했거니

웃어라.

육신은 아무것도 아니다.

아무 곳에나 뿌려라

창 너머로 보이는 곳.

13월의 8요일

규정되기 싫다. 끝까지

비웃음당하고 싶다. 비닐에 싼 담배를 묻지 않아도 된다.

중학생이 아니니까. 중학생이나 고등학생이 아니라

눈물이 안 난다.

나보고 어쩌란 말인가. 닥치고 합장이나 할 것이지.

그런 일이 일어날까?

삽화

) 하지만

헤엄칠 때마다

건져 내는 손들(

천국

낭독회가 끝나고 말하더군

아

사회 보신 분 팬이셔서

미안
너처럼 착한 사람은 못 된다

속으로 생각했지
그 정도인가?

돌아와서
다짐했다
싹 다

책을 내야겠다 코를 납작하게 만들고 싶군 이건 너랑 만
든 것이다

주영아

　여기 있으니까 거대한 역사의 쳇바퀴가 보여 그리고 깨닫
지 시간은 직선으로 흐르지 않고 연속된 원을 그리며 멈추
지 않는다는 걸°

　무서움이 머물다가
　지나쳐 갔다 내가 아는 모든 주문과 부적을 너에게 준다

° 카를로 로벨리.

도깨비

문을 옮기는 자만이 된다
가서 사지를 찢어 버리라

너를 괴롭히는 금시초문이 될 것이며

특정성을 가질 것이다
허구성을 가질 것이며
부쿠레슈티에 갈 것이다
신용 등급을 회복할 것이며
떠나는 친구를
붙잡지도 않을 것이다
해명하지 않을 것이므로
햄버거를 먹으면 분노가 치민다

왜 사람들을 아프게 할까?

파시즘 꺼져라

손잡고 꺼져라 둘이 가위바위보나 하던가

비밀 하나 말해 줄까?

비밀은

당장이라도

들키고 싶다

392314012225

이곳에서의

최선임을 이해해 주길

무한한 신뢰와 애정을

잘 지내고 있으리라 믿으며

언젠가는

닿기를

운전할 줄 모르는 나를 위해서라도

삶은 오래되었다

침대에 누울 것이다

기분을 느끼며

세상이 거짓말 같다는 거

동의하지?

굽은 언덕

등을 밀었지

손을 수레처럼 끌며

활짝 웃고

햇빛은 내리는데

5층에는 미친 할머니 살았다 담배꽁초 주워다가

엘리베이터에 잔뜩 붙이던

심지어 꽁초로 글자까지 만드셨다

사는 내내 기 싸움 했었는데

단지 슬프셨던 거고

할머니 보고 싶어서

언덕 걷는데 요즘 통 안 보이시더라

3층에는 허구한 날 울고불고 싸우고 화해하는 신용불량
자 커플 있었고

2층에는 랙돌 키우는 젊은 신혼부부 있었고

아기 낳았더라

건너편 집에는 세 쌍둥이 부부

가끔 부담스럽지만

친절하셨다

아이스크림 할인점에는 맛있는 게 참 많았다

여름에는 어디든 나가기가 싫었는데

서울의 여름은 너무 더웠다

산책하던 도중

왜 이런 동네에 이런 고퀄리티의

베이크샵이 있냐고 이 집 쿠키는 정말 말도 안 된다고
너무 맛있다고
결국 그 베이크샵 돈 많이 벌어서 다른 지역으로
이전하던 날 너는 엉엉 울었어
그 이유로 운 거 같진 않은데
둘만의 장난
오리 꽥꽥 소리 같은 거
노래 가사 이상하게 개사해서 부르던 거
또 뭐가 있을까
아
맞다 그거다
그
소변 눌 때 생일 축하 노래 부르면 잘 나오는 거
나 방금도 생일 축하 노래 불렀어
죽을 때까지 소변 막힐 일은 없겠다
음
밤 산책하다가 나무 타고 이름도 모를 꽃 꺾어다 주니까
네가 너무 좋아했다

수술 끝나고 얼굴 잔뜩 부풀어 오른 나 보고 웃음을 터뜨렸지

마취 풀린 지 얼마 안 돼서 꿈꾸는 기분이었는데

덩달아 웃었지

근데 너랑 놀았던 장면 하나로 퉁치자면

서로 팬티 뒤집어쓰고 막 거실이든 어디든

방이든 어디든

막 뛰어다니면서 소리 지른 거 생각나

나에게

가장 빛나는 단 한 순간을 꼽자면

그거야 난 다른 거 다 필요 없어

그 순간으로 딱 한 번만 돌아갈 수 있으면 나

신이 하라는 거 다 할게

그러니까 자유롭게 살아 원하는 거 입고 다니고 변화를 즐기며

여행도 다니고

옷 가지고 뭐라 해서 미안해

근데 너도 내가 좋아하는 모자 진짜 오랫동안 숨겼잖아

나도 할머니 재킷 숨겼듯이

내가 질린 게 아니라 한국이 질린 거 안다

이제는 말이다

어떤 날은 계속된다

노력하지 않아도

어떤 사실은 이해할 필요도 못 느끼겠어

사실이 아니라 현상일 뿐일지도

뭐가 그렇게 웃긴 일이 많았나 싶군

돌아가진 않을 것이다

그럴 수도 없고

그래도

태어나서 너랑 노는 게 제일 재밌었다

시간 많이 지났으니까

영원할 시간 속에서

서로를 잘 떠나보내자

그날이 오면 가위바위보

내가 다 져줄게

서울 눈 많이 내린다

세상으로

깨지기 쉬운 것은 결국 나를 슬프게 만든다 모두에게 고
맙다고 말하는 순간

마음을 더럽히게 된다 친구와 찍었던 필름 사진

공주놀이

모던 패밀리

거울을 통해

화장을 지켜보는 모습

함께 먹었던 밥

계란 요리는 무궁무진하다

어느 날 집에 돌아가면 고양이가 죽어 있지 않을까 고양
이는 아주 고요하게 오랫동안 학대되어 왔다

나는 처음 보는 사람에게도 덜컥 무언가를 줘버리는 사람
비밀번호든 힘겹게 모아 버린 쿠폰이든 그날 서점으로 달려
가서 산 책이든

뭐든

멋있는 사람이 되고 싶다는 생각은 얼마나 더 멋이 없어

져야 완성될 수 있을까 이런 걸

진심으로 아이를 원했는데 아이에게는 잘못이 없다 여긴
한국이다

운이 좋았다 맛있는 음식을 매일 먹을 수 있어서

책으로 써도 될까? 발표하고 싶지 않다는 건 발표하고
싶다는 것이다 자주 시간 약속을 어기는 사람
미안해지는 사람

커피를 단숨에 마셔 버려서
상대를 빵 터트리는 사람
이상도

이하도

아니다 약속 장소에 가면서도 옆을 힐끔거리는 사람 노래

는 끝까지 들어야 하는데

다시 만나는 날에는 말을 쏟아 내고 싶다 나를 왜 그렇게까지 미워했나요? 그러나 처음부터 아무 말도 하지 않을 것이다

신이시여 제발!

이런 건 된다

살아가는 소설에 관하여

두 사람의 목덜미에 찍힌 권태를 견딜 수 없다 손뼉 치는 소리가 들리는데 손바닥은 없다 쥐었던 손바닥을 펼치는 동안 전부를 비롯할 수도 전부로부터

비롯될 수도

끝났다

두 사람 뛰지 않으리

안녕히

틀림없이 이 소설의 결구가 되기를 바라며 얼음을 상상해 보라 얼음은 얼지도 녹지도 않으며 얼음인 채로 있다

전기의자

피자도 유에프오도 음악도 없다 확정된 결론에 관하여

>
정체된 바깥과

정체되지 않은 바깥 둘의 경우 강제성을 띠지 않는다 쉽게 맺어진 죄책마저

혁명을 생각하는가?

모두가 빠져나간 텅 빈 칠판을 향해 손을 드는 것이다 그자의 뒷모습을 가장 사랑하였다

꿈에서 만난 누군가와는 꿈에서만 만나기로 했다 조금 떨어져서 걸었다 비켜선 자리마다 서로를 참아 내며

오랜 유대를 나눴던 친구가 죽었다는 소식을 들었을 때 인터넷을 통해 얼굴도 모르는 누군가와 채팅을 하고 있었다 그에게 친구가 죽었다는 이야기를 전했다 얼마 지나지 않아 채팅방을 떠났다

투명한 물가에 서 있다

\>

특정한 생각을

멈출 수 없다

사랑은 없다
사람은

사람과 사람과

사람과

입술을 나눴던 어두운 장소에서 또다시 입술을 나누는 누군가를 본 기억

음악이 멈추고 조명이 켜지는

사람은 없다

사람은 있다

한 사람을 떠올리지 않아도
사랑은 떠오른다

잊지 않기 위해
냉장고에 붙였다

도착 않는 애인은 나의 애인이 아니다 인정이 아니다 체
념이라면

<몽골인들을 위한 클럽> 출간 기념 파티
장소: 본오동 일대

· 서로를 찾아내기
· 있는 힘껏 도망치기

모든 문의 사절.

번영

종이를 접어야만 겨울이 온다

료하

료하가 옆에 누워 잔다

료하는 상냥한 눈매를 가졌고 료하에겐 료하를 버린 가족들이 있다 료하의 말에 따르면 료하의 우울한 꿈에는 항상 료하의 가족들이 나온다 모여 웃고 떠들고 마시며 끝내는 료하를 걱정하지만 료하는 잠에서 깰 줄 모른다 나는 잠에서 깨지 않는 료하를 일으켜 세워 안는다 료하는 꼭 강아지 같아서 짖거나 떼를 쓰기도 한다

료하는 일을 할 줄 모른다 료하는 료하를 고용한 사장에게 이상하고 느리다는 말을 듣고 해고되었다 나는 집으로 돌아온 료하가 하는 말을 잠자코 듣다가 료하의 세상이 무엇으로 이루어졌는지 궁금해졌다 료하는 지나치게 큰 눈망울과 옹졸한 입술을 가졌다

료하는 옹졸한 입술로 하여금 잘도 사랑을 말하곤 한다

료하는 아침이면 아침마다 밤이면 밤마다 지나온 꿈의 내용들을 내게 말해 주곤 한다 료하가 들려준 꿈에는 언제나

내가 있었고 나의 꿈에도 언제나 료하가 있었다

믿기 힘든 말이지만 나를 만나기 전 료하는 거칠고 무례한 성격이었다고 자랑스레 말하곤 한다 나는 료하가 하는 말을 모두 믿지는 않는다 내가 지켜본 바로 료하는 관심이나 연민을 받기 위해 거짓말을 친다

료하는 내가 하는 말을 모두 믿는다고 말했지만 가끔씩 나를 향해 짖는다 그것은 료하가 나를 사랑하지 않는다는 뜻은 아니다

어느 날 료하는 대통령이 다섯이나 나오는 꿈을 꾸었다고 신나서 떠들었고 나는 그길로 복권을 샀다 함께 긁었지만 우리는 무엇도 당첨되지 않은 채로 웃었다

웃는 동안 슬픈 기분이 들었다 나는 료하가 영영 강아지 같기를 바라지만 료하는 인간이다 료하는 일을 해야 하고 짖거나 떼를 쓰지 말아야 한다 그건 낡는다는 말일까? 나의 얼굴에 근심이 깔리면 료하는 고요하게 일어나 나의 얼굴을

손바닥으로 감싼다 아무 일도 아니라는 듯이 그리고 말한다
우울한 꿈을 꾸지 않는 것은 전부 나의 덕이라고

료하는 지나치게 옹졸한 입술을 가졌다

세상으로

잠에서 깬 모든 게 지겨워졌다 이제 그만 규정되고 있다
구역질 나는 입으로

돌아올 것이다 끝내 사랑을 웃기게 발음하며

θ

새장의 존재가 새의 이유는 아니다

아닐 수 없다

없을 수도 있을까?

아름다움과 불가능

진송
해설

아름다움과 불가능

타자 윤리는 한국 현대시의 의의와 정당성을 홀로 뒷받침해 왔다고 해도 과언이 아닐 정도로 시를 연구하거나 분석하는 데 있어서 중요한 테제로 작동해 왔다. 시의 초월적 기의로서의 윤리(또는 정치)가 없다면 시는 현실과 아무런 관계를 맺지 못하는 공허한 기표들의 미끄러짐이 되어 버리거나[1](바로 이런 의미에서 시의 또 다른 초월적 기의는 무의미였다) 윤리(또는 정치) 그 자체와 구분할 수 없게 되어 버리기 때문이다. 문학에 대해 말한다는 것에 구성적으로 포함된 이러한 곤란을 차치하고서라도, 기존의 언어 관습을 파괴하며 새롭게 도래하는 시적 언어와 시인의 고유한 상징체계가 쉬이 읽히지 않는다는 난점 역시 비평이 이해될 수 없는 대상으로서의 타자를 손쉬운 해결책으로서 거듭 호명하게 만들었을 것이다.

윤리적 대상이자 윤리를 가능하게 하는 받침점으로서의 타자를 규정할 수 있는 가장 핵심적인 속성은 우리가 그들을 모르고, 우리가 그들을 이해할 수 없다는 것이다. 이러한

---

1 관련된 논의로 이승은, 「시(문학)의 정치성의 이면―자율성의 욕망과 정치성의 발견―」, 한국학연구 제38집, 537~568쪽, 2015. 8을 참고함.

불가해함은 기존의 도덕적인 질서나 신념만으로는 해결되지 않기에 타자는 주체에게 새로운 윤리를 요구하게 되고, 새로운 윤리가 요구되는 바로 이 지점에서 도덕이 아닌 윤리라 할 만한 것이 비로소 가능해진다. 그런데 '새로움'은 윤리의 차원에서만 즐겨 사용되는 수사가 아니다. '새로움'은 그것이 새로운 형식을 지시한다는 점에서, 그리고 그로부터 '새로움'이라는 낯선 감성이 환기된다는 점에서 미학적인 성격을 띠고 있기도 하다. 그러니 언제나 새롭고 낯선 타자들은 문학을 윤리적으로 정당화하기 위해서뿐만 아니라 문학의 미학적인 갱신을 위해서도 꼭 필요한 존재였다.

고쳐 말하자면 타자는 문학의 윤리를 설명하기 위해 동원될 때에도 미학적인 대상이었다. 미학적인 대상이 되어 버린다는 것은 타자로 존재한다는 것 자체에 내재된 위험성이기도 하다. 미학적인 대상으로서의 타자로 가장 대표적인 사례인 여성을 떠올려 보면 이를 쉽게 이해할 수 있을 것이다. 여성은 아름답고, 부드럽고, 향긋하며, 사치스럽고 장식적인 것을 집약할 수 있고, 결혼과 화목한 가정생활까지를 포함하는 로맨스와 관련된 일련의 꿈만 같은 환상들을 약속한다. 주체는 결코 여성의 아름다움을 소유할 수 없고 여성의 아름다움은 언제까지나 주체의 외부에서 손에 닿지 않는 불가해한 느낌을 풍기며 주체에게 그 존재를 알릴 뿐이다. 아름다움이 전적으로 주체의 외부에 있으며 주체가 타자의 아름다움을 결여하고 있는 한에서 주체가 아름다운 것을 욕망하게 될 때 여성이 (이성애자 남성으로 상정된) 주체에게 아름다운 타자인 것과 매한가지로, 아름다움 그 자체 역시 이해할 수도 손에 넣을 수도 없는 (그렇기에 손에 넣고 싶은) 타자다.

누군가가 타자를 소유하거나 인식적으로 정복하고자 갈망하는 차원을 넘어 타자가 되기를 갈망하는 방식으로 타자의 아름다움을 갈망한다면 우리는 그에 대해 뭐라 말할 수 있을까? 그러한 주체의 불가능한 꿈은 타자를 배제하고 지배하는 것만큼이나 폭력적인 것에 불과한 것일까?

이주빈의 시들은 아름다움을 갈망하면서도 아름다움을 전적으로 타자의 몫으로 둔다. 시가 자처하는 이러한 태도 때문에 시의 화자들은 아름다움을 자기의 것으로 취할 수도, 아름다움이 자신의 것이 아니라는 박탈감에서 자유로울 수도 없는 곤경에 처하게 된다. 이주빈이 아름다움을 인식하고 그와 (비)관계를 맺는 그런 방식은 「빈 액자는 무엇을」과 같은 시에서 단적으로 드러난다.

이 시에서 액자는 대상의 범위를 특정한 규격으로 한정하고 액자의 안과 밖을 분할하면서 액자 속의 대상에게 미적 권위를 부여하는 도구이다. 액자 속의 세계를 살아갈 수 있는 사람들은 오로지 아름다운 사람들뿐이며 이때 시의 화자는 액자 속의 세계에 소속되어 있지 않다. 화자를 포함하지 않는 채로 아름다움은 많은 것을 특권적이고 배타적인 방식으로 허락하는데, 이 시에서는 사랑도 액자를 통해서만 지속될 수 있다("걷거나 사랑하는 일을 계속하고 싶었고 어떤 사랑은 계속되었다 액자를 통해", 「빈 액자는 무엇을」 부분).

세계의 일부만을 잘라 내어 자신의 고유한 형식 속에 취하는 액자의 존재 방식은 사실 회화나 사진과 같은 시각예술뿐만 아니라 시를 포함하는 다른 예술 전반에 대한 설명에도 그대로 적용될 수 있다. 액자 속의 세계, 혹은 예술 작품 속의 세계는 일정한 형식을 획득함으로써 고귀한 아름다움의 차원으로 격상될 수도 있지만 주체에 의해 임의로 생략되고 훼손된 채 타자로서만 재현될 위험을 동시에 가지고 있다.

한편 「빈 액자는 무엇을」에 나타난 주체들은 대상을 취하는 자로서의 주체가 아니다. 오로지 아름다운 대상이 되고자 하는 이들이 스스로 그리고 기꺼이 액자 속으로 걸어 들어가고 있을 뿐이다("아름다운 사람은 남는다 그 사람은 액자 속으로 스스로 걸어갈 줄도 안다", 앞의 시). 덜 실재적인 세계로서의 액자 속으로, 데리다가 '현존의 형이상학'이라는 말로 서양철학의 지배적인 형이상학적 태도를 지적했을 때의 그러한 '현존'을 박탈당할지도 모르는 장소로서의 액자 속으로.

이렇듯 이 시는 현존하는 대상보다 예술을 통해 재현된

판본을 우위에 두고 재현된 세계에 더 많은 역능을 부여한다. 그리고 그 역능은 오로지 아름다움의 가능성에만 근거해 있다. 그런데 이 시의 독특하고도 이중적인 태도는 액자-지어진 재현의 세계를 더 생생한 것으로 보면서도, 이미 액자-지어진 것으로서의 시 자기 자신에게는 그러한 아름다움의 권한을 부여하지 않는다. 이로 인해 액자 속의 세계를 열망하는 이 시는 공교롭게도 이미 일종의 액자 속 예술인 시 자기 자신을 완결된 작품의 밖으로, 아름다운 시들의 세계 밖으로, 그리하여 삶이 계속되는 현실의 편으로 끌어내는 역기능을 수행한다.

액자를 통해 성립하는 아름다움은 이 시집이 갈망하는 아름다움의 존재 방식을 보여 주는 한 가지 사례일 뿐이다. 아름다움은 죽음을 통해서, 죽음처럼 한 시절을 끝장내는 과거를 통해서, 고향을 다시 돌아갈 수 없는 곳으로 만드는 이국을 통해서, 또는 엽서 속 풍경처럼 너무나 낭만적으로 포착된 나머지 절대 가닿을 수 없는 액자 속 세계로 거듭나 버리는 머나먼 이국을 통해서도 성립한다. 죽음과 과거, 그리고 이향(離鄕, 또는 실향)은 그 절대적인 비가역성을 통해서 생의 일부 혹은 전체를 미적으로 완결 짓는다는 점에서 마치 액자와 같다.

이때 화자에게는 당연하다는 듯이 죽음도, 과거도, 고향도, 이국에서의 삶도 허락되어 있지 않다. 화자는 영원히 살 위기에 처해 있고("영원히 살 수 있다면 영원히 살게 될 것이다. 벽에 똥을 칠할 수도 있고 정신이 온전할 수도 있겠지", 「닻」 부분) 사랑이 가득한 과거의 한 시절로 결코 돌아갈 수 없으며 한국을 떠나지도 못한다("한국을 벗어날 수 없겠다는 생각", 「혼자 추며 걷고 마시고」 부분).

안과 밖을 나누는 이토록 단호한 분할, 그러한 분할을 가능케 하는 선명하고 날카로운 소외감과 박탈감을 가능케 하는 것은 대체 무엇일까? 분할 이전에 이 배치는 또 대체 무엇이란 말인가? 무엇이 시인을 시의 바깥에, 심지어는 시 자신을 시의 바깥에 배치하는 것을 가능케 하는 것일까? 이러한 질문들을 붙들고 이주빈의 또 다른 시 「연쇄」를 읽노라면 놀랍게도 안과 밖을 쉽사리 구분하거나 분간할 수 없다는 것이 안과 밖을 분할하고 그 자신을 바깥에 배치하게 한 동력이었다는 난해하고도 아이러니한 깨달음을 얻게 된다.

　　가능성을 열어 두자면 안과 밖을 나누는 기준이 들어
　섬과 나옴만은 아닐 것이다 계속해서 안을 헤맨다면 이
　곳은 안이 아닌 밖임에도
　　　　　　　　　　　　　　　　　　　—「연쇄」 부분

「연쇄」에서 안과 밖을 분할하는 역할을 수행하는 것은 새장이다. 그러나 이 시에서의 새장은 (으레 안과 밖이라는 구분이 그러한 역할을 해내듯이) 새를 새장의 내부자로 만들고 소속감을 부여하지 못한다. 새장은 그 누구도 내부자로 만들지 못하는 채로 오로지 새의 생활 반경을 통제할 뿐이다. 내부자가 되지 못하는 사정은 새장을 매달고 입구를 케이블 타이로 묶은 장본인인 시의 화자에게도 마찬가지다. 화자는 "티브이 속"에서 빛나는 이들을 선망하고 "이곳이 안이라는 설득을 얻고 싶다"며 여전히 '안쪽 세계'로부터 주어지는 정당성을 갈망하면서도 단지 안으로 '들어서는' 일만으로는 그 세계의 일부가 될 수 없다는 사실을 이미 알고 있다.

그렇기에 이국은 「오렌지」에서 그려진 대련의 풍경("다양한 소수민족이 있고 아름다운 항구도시로 알려진 그곳에서 너는 많은 사람을 만나고 헤어질 것이다 이곳의 햇빛 따위는 잊어도 좋을 만큼")처럼 "이곳"(「오렌지」)과는 구분되는 '이상향'인 "그곳"임과 동시에 다른 어디가 아닌 바로 "이곳" 그 자체이다. "그곳"이 액자 밖 세계에 남겨진 "이곳"이며, 죽음 밖의 삶에 내던져진 "이곳"이고, 과거 이후의 미래에 무방비로 노출된 "이곳"이 이미 이국("그곳")이고, "안이 아닌 밖"인 것이다. 그렇기에 "한국을 벗어날 수 없겠다는 생각"에 사로잡힌 채로도 나는 한국인들을 위한 클럽이 아닌 "몽골인들을 위한 클럽"(「몽골인들을 위한 클럽」)에 들어서게 된다. 한국 내부의 공간인 안산과 서울 역시 정착할 만한 '내 영역'이라기보다는 낯선 이국이나 다름이 없다(「여름을 적거나 여름을 적지 않는다」).

어차피 안과 밖이 말끔히 구분될 수 없는 것이라면(혹은, 사실 안 따위는 없고 오로지 바깥의 삶뿐이라면) 애초에 그것이 구분되어야 할 이유는 무엇이란 말인가? 단지 그것을 구분할 수 없다는 깨달음에 도달하기 위해? 절대적으로 아름답지만 나에게만큼은 절대적으로 불가능한 그 세계는 이주빈의 시에서 대체 왜 그렇게 중요한 것인가? 왜 그토록 중요하고 간절한 문제가 된 끝에 "계속해서 안을 헤맨다면 이곳은 안이 아닌 밖"이라는 바깥의 깨달음으로부터 울타리 안의 아름다움으로 시의 욕망을 끌어당기는가?

나는 아래의 시를 빌어 위의 질문들에 대한 다소 엉뚱한 답을 제시해 보려고 한다. 아름다움은 불가능성을 대표하는 무언가가 아니라, 삶을 엄습하는 불가능(들) 앞에서 최후까지 요청될 수 있는 믿음의 형식이라고.

사람은 없다
사람은 있다

한 사람을 떠올리지 않아도
사랑은 떠오른다

잊지 않기 위해
냉장고에 붙였다
　　　　　　　　—「살아가는 소설에 관하여」 부분

사랑할 누군가가 곁에 없어도, 누구라도 사랑이 불가능할 게 틀림없는 상황에 처해 있어도, 심지어는 단 한 번도 누군가에게 사랑받은 적 없고 누군가를 사랑한 적 없어도, 사랑은 그것을 상상할 수 있는 사람들의 마음속에 자연스럽게 떠오른다. 그것은 액자가 텅 빈 채로도 그림을 떠올릴 수 있는 것과 같은 방식이다. 사랑은 사랑할 사람을 기다리고 있는 액자처럼 텅 빈 채로도 그 내부의 영역을 보존하고, 도처에 있는 불가능의 한가운데서 여전히 그곳에 가닿는 것을 허락하지 않은 채로도 사랑의 가능성이라는 형식을 제시한다. 이때 텅 빈 액자로서의 사랑은 실패한 사랑이나 망가진 사랑이 아니라 불가능 따위를 포함하지 않는 절대적으로 아름다운 사랑만을 그 형식으로서 삼고 있기에 오히려 사람을 사랑하는 일이 실패하거나 불가능해진 이후에도 여전히 갈망할 만한 것, 갈망할 수 있는 것으로서의 기반을 위협받지 않을 수 있다.

이 글은 이 지점에서 서두에서 언급한 '타자 윤리'의 문제로 (드디어) 돌아간다. 이러한 방식의 윤리도 '타자 윤리'라고 부를 수 있을까? 최소한 '윤리'라고는 부를 수 있을까? 타자를 만나지 못하는 윤리. 타자를 만나지 못하기 위해서만 (타자를 만날 수 없는 존재로 만들기 위해서만) 타자를 만나고자 하는 자의 이기적인 윤리. 타자를 만날 수 없어 죽고 싶어진 자를 타자와 절대적으로 분리시킴으로써 겨우 살려 두는 자의 윤리……. 질문을 이렇게 바꾸는 편이 나을지도 모르겠다. (아직) 내용 없는 형식에 대한 기다림, 즉 기약 없는 희망을 통해서만 가까스로 살아남는 것을 윤리라 부를 수 있을까?

하지만 이것을 윤리라 부르든 말든 무슨 상관이랴. 그런 방식으로 비로소 지속되고 살아지는 삶이 있는 것을. 그러고 보자면 '기약 없는 희망을 통해서만 가까스로 살아남기'란 윤리라기보다 차라리 삶의 방식이자 살아 있기를 포기하지 않기 위해 요구되는 최소한의 행동 단위이다. 그런 방식으로 살아지는 삶까지도 삶이라 부르는 것, 심지어는 삶이라 불러야 한다고 말하는 것―여기에는 아마 '거의' 윤리인 어떤 것이 있는지도 모르겠다.

이주빈의 시를 읽으며 거듭 떠올리고 또 새삼스럽게 깨달은 점이 있다면 우리가 언제까지고 시 속에서의 삶을 누릴 수는 없다는 것이었다. 당신이 시인이라면 당신은 언젠가 시를 쓰는 펜을 내려놓아야 하고, 당신이 독자라면 당신은 언젠가 시집의 마지막 페이지를 힘겹게 넘기고서는 시집을 덮어야 한다.

그러고 나면 시 바깥의 삶이 시작될 것이다. 이는 사실 삶이 시작된다는 말과도 동일하다. 우리가 시에서 애써 자신의 삶을 찾으려고 애쓰든 말든, 시에 삶이나 세계 전체를 욱여넣고자 노력하든 말든, 시를 어떻게든 현실 세계와 연결 지어 보든 말든, 우리의 삶은 시의 바깥에 놓여 있기 때문이다. 시 속의 절망이나 고통은 그것이 가혹하고 잔인한 것일 때에도 시라는 형식 속에서 완결되어 있고 때로는 아름답고 의미 있기까지 하지만 우리의 삶은 그렇지 않다. 삶 속의 고통은 액자 밖에서 그 어떤 형식으로도, 의미로도, 이미지로도, 아름다움으로도 종합되지 않은 채 지난한 시간의 흐름을 버티며 몸부림친다.

　분명히 어떤 시는 그 고통과 절망을 통해 사회적 인식에 가닿고 현실 사회에 개입하기도 한다. 이런 시의 역량 때문에 '시는 삶이 아니며, 삶은 시가 끝난 곳에서부터 시작된다'는 언술은 부인될지도 모른다. 하지만 현실 사회에 개입하는 시의 역량은 오롯이 시의 것이지 삶의 현실 자체가 아니다. 헐벗은 삶의 감각들에 의미나 역할, 역량을 부여하기 위해서는 시와 같은 '액자'가 필요하다. 액자 속의 세계가 지닌 삶을 견인하는 동력으로 인해 액자 속의 세계가 우리의 삶이나 다를 바 없이 느껴진다 해도, 우리는 결코 그 세계의 일부가 될 수 없다.

　이주빈의 시들은 다름 아닌 시의 내부에서 우리가 시의 외부에 있다는 이러한 사실을 뼈아프게 각인시킨다. 우리가 아름다움과 맺고 있는 근본적인 관계는 불가능이며, 바로 그 불가능을 통해서만 아름다움은 세계의 위태로움 가운데서도 자기 자신을 존속시키고 허무에 무방비하게 노출되어 있는 삶의 무의미한 고통을 액자 속으로 이끌 수 있다. 그리고 그곳에서부터 시가 시작된다. 시가 끝나는 곳에서 삶이 시작되듯이.

타이피스트 시인선 008

몽골인들을 위한 클럽

1판 1쇄	2025년 2월 21일
지은이	이주빈
펴낸곳	타이피스트
펴낸이	박은정
편집	박은정
디자인	코끼리
출판등록	제2022-000083호
전자우편	typistpress22@gmail.com
ISBN	979-11-989173-4-8